LIEUX HANTÉS

✦ LES FANTÔMES DU QUÉBEC ✦

JOEL A. SUTHERLAND

Illustrations de
Norman Lanting et Mark Savona

Texte français d'Hélène Rioux

Catalogage avant publication de Bibliothèque et Archives Canada

Titre: Les fantômes du Québec / Joel A. Sutherland ;
texte français d'Hélène Rioux.
Autres titres: Œuvre. Extraits. Français
Noms: Sutherland, Joel A., 1980- auteur.
Description: Mention de collection: Lieux hantés |
Traduction partielle des volumes 6 à 10 du livre
Haunted Canada publié par Scholastic Canada.
Identifiants: Canadiana 2021038588X |
ISBN 9781443196482 (couverture souple)
Vedettes-matière: RVM: Fantômes—Québec (Province)—
Ouvrages pour la jeunesse. | RVM: Lieux hantés—
Québec (Province)—Ouvrages pour la jeunesse. |
RVMGF: Documents pour la jeunesse.
Classification: LCC BF1472.C3 S9914 2022 | CDD j133.109714—dc23

Références photographiques :
© : maison sur la couverture : kim_noel_7/Shutterstock; fille sur la couverture :
Tom Tom/Shutterstock; 4 : Frederic Ansermoz/IBuyPhotos.com; 14 :
Mo Laidlaw; 19 : Wm. Notman & Son, Musée McCord II-128067; 28 :
gracieuseté de Lindsay Damecour; 41 : Stephen P. Miller.

Édition publiée par les Éditions Scholastic, 604, rue King Ouest,
Toronto (Ontario) M5V 1E1, Canada.

5 4 3 2 1   Imprimé au Canada 114   23 24 25 26 27

À tous les membres de ma famille, où qu'ils soient. Nous n'avons pas pu nous voir aussi souvent que je l'aurais souhaité, pour des raisons indépendantes de notre volonté, mais nous avons fait de notre mieux en ces temps difficiles pour rester en contact. J'espère que vous savez que, bien que nous ayons été éloignés physiquement, je me sens toujours près de vous tous.

TABLE DES MATIÈRES

INTRODUCTION

Quand j'ai écrit *Lieux hantés 5,* ma première incursion dans la collection inaugurée par Pat Hancock, je n'aurais jamais imaginé que j'écrirais un jour une introduction pour *Lieux hantés : Les fantômes du Québec.* Et pourtant, dix ans plus tard, nous y voilà. Tandis que je faisais des recherches, que j'écrivais et révisais ce livre, j'étais dans un état de stupeur perpétuel, comme si je m'éveillais et prenais conscience que mon rêve était en fait devenu réalité. Mais malgré le choc que j'éprouve d'avoir atteint cette étape particulière, cela ne devrait surprendre personne – ni moi ni ceux qui me connaissent – que ma vie m'ait conduit jusqu'ici.

J'ai toujours aimé raconter des histoires et j'ai toujours eu un penchant particulier pour les contes remplis de toutes sortes de choses qui se passent la nuit. Quand j'ai écrit *Lieux hantés 5,* ce n'était pas la première fois que j'inventais une histoire effrayante. Cela remonte à plus loin dans le temps... à l'été entre la cinquième et la sixième année, pour être exact. C'était lors d'une soirée pyjama, avec deux amis. Alors que minuit approchait, l'un de nous (devine qui...) a suggéré que nous nous racontions des histoires effrayantes à tour de rôle.

Mes amis ont admirablement réussi à concocter des histoires vraiment angoissantes. Alors quand mon tour est venu, je savais que je devais passer au niveau supérieur. Les détails de l'intrigue se sont effacés avec le temps, mais je suis presque certain qu'il s'agissait d'un auto-stoppeur et d'une voiture tombée en panne, ou d'un miroir de salle de bains et d'une malédiction fatale, ou alors d'un appel venant de l'intérieur d'une maison... ou quelque chose comme ça. En parlant d'un ton sinistre, je faisais sursauter mon auditoire avec des effets sonores effrayants et je faisais des pauses pour donner un effet dramatique chaque fois que la tension montait. Ça n'aurait pas dû marcher, ça aurait dû sembler ridicule et exagéré, mais quand je suis enfin parvenu à LA FIN de mon histoire et que j'ai inspiré profondément, un de mes amis a sorti un dollar de sa poche et l'a glissé dans ma main.

— Pourquoi me donnes-tu un dollar? ai-je demandé.

— C'est pour avoir raconté l'histoire la plus terrifiante que j'aie jamais entendue, a-t-il répondu en chuchotant.

J'étais convaincu. Je pouvais faire peur aux gens. Et c'est là que j'ai compris que j'avais trouvé ma vocation.

Ce qui nous amène à *Lieux hanté : Les fantômes du Québec.* Dans les pages suivantes, tu trouveras de quoi faire frémir les plus courageux. Des fantômes qui se cachent dans les greniers et des esprits qui rôdent dans les bois. Des maisons, des boîtes de nuit, une église et un asile hantés. Des histoires du passé et des histoires du présent. Tu y trouveras même... un animal fantôme et un arbre vengeur.

Une de ces histoires sera-t-elle la plus effrayante que *tu* aies jamais lue? Il n'y a qu'une façon de le savoir. Prends ton courage à deux mains, accroche-toi et tourne la page. Étant donné qu'il y a déjà quelques livres dans cette collection, tu devrais savoir à quoi t'attendre. Et si c'est la première fois que tu découvres *Lieux hantés,* tu ne pourras pas dire que je ne t'ai pas prévenu.

Horriblement,

NUIT À L'ASILE

Sainte-Clotilde-de-Horton, Québec

Debout sur les marches d'un asile abandonné, quatre hommes et femmes courageux se demandaient ce qui les attendait à l'intérieur de cet édifice aussi vaste qu'imposant. À titre de membres d'APPA Paranormal, ils allaient enquêter sur l'asile de Sainte-Clotilde-de-Horton plus de quinze fois entre 2006 et 2017, mais leur première visite fut sans conteste la plus mémorable. Après des mois de planification, ils étaient aussi heureux qu'excités d'enfin pouvoir rentrer dans la bâtisse. Mais Patrick Sabourin, l'un des fondateurs du groupe, était envahi par une profonde vague de tristesse. Le lieu avait été marqué par l'histoire, et les tragédies n'avaient pas manqué.

Construit à l'origine en 1939 comme monastère pour les Pères du Sacré-Cœur, l'édifice fut ensuite brièvement utilisé comme noviciat par les Frères de l'Instruction chrétienne dans les années 1950. Le jour de Noël 1959, trois étudiants y mirent accidentellement le feu et périrent dans les flammes. L'immeuble fut ensuite acheté par le gouvernement dans les années 1960 et converti en asile pour les personnes souffrant de déficiences intellectuelles. En 1988, un patient mit le feu au dortoir central, au dernier étage, et tua neuf personnes.

On pense que certaines des douze âmes qui ont péri dans ces deux incendies distincts sont restées dans l'asile longtemps après qu'il eut fermé ses portes et soit tombé en ruine.

Patrick conduisit ses compagnons — Izabel Descheneaux, son épouse et la cofondatrice du groupe, le directeur technique Éric Chicoine et la travailleuse en santé mentale Marie Josée Lamoureux — à l'intérieur. Entrer dans l'asile, c'était comme entrer dans un cauchemar. Presque toutes les fenêtres étaient cassées et barricadées. Les murs, couverts de graffitis et de moisissure, étaient tout effrités. Le plafond, criblé de trous, semblait sur le point de s'effondrer à tout moment. Le sol était couvert de détritus et de flaques d'eau sale et brunâtre. De vieux meubles brisés avaient été laissés là à pourrir. Le groupe passa devant une inscription qui disait : *Sinite parvulos venire ad me,* ce qui signifie « Laissez venir à moi les petits enfants » en latin.

Au cours de sa recherche, Patrick avait découvert plusieurs rapports de gens qui avaient entendu des voix dans les couloirs et des cris derrière les murs. Certaines de ces personnes avaient également vu des fantômes errant dans l'ombre. Maintenant qu'il voyait l'intérieur de l'asile de ses propres yeux, il n'était pas surpris. Il n'y avait aucune chance que le lieu *ne soit pas* hanté. Et plus encore, à en juger par son apparence et le sentiment d'écrasement qui s'en dégageait, il se pourrait bien que cet édifice soit le plus hanté de la province.

Les fantômes n'ont pas tardé à se révéler aux membres du groupe. Ceux-ci avaient beau être seuls, ils entendirent des rires déchirer le silence — des rires qui se transformaient en sanglots. Patrick et les autres s'arrêtèrent et retinrent leur souffle, s'efforçant de ne faire aucun bruit, attendant la suite.

—Où allez-vous? chuchota une voix.

Bouleversé, Patrick fut incapable de répondre. Le groupe s'aventura plus loin dans l'édifice avant de descendre dans les profondeurs du sous-sol.

—Aidez-moi, supplia une jeune voix pleine de tristesse et de peur.

Elle semblait trop proche à leur goût.

L'un des membres prit une photo de la pièce vide. Plus tard, quand le groupe regarda ce qu'il avait photographié, tous virent un petit garçon qui tendait la main. Son expression était pleine de chagrin et de douleur. Même si le garçon ne se révéla que sur la photo, deux autres esprits terrifiants apparurent en personne.

Le premier était une forme humaine vaporeuse qui vola près d'eux comme le vent et flotta dans l'escalier. Le deuxième était un homme incroyablement grand qui s'approcha d'Izabel alors qu'elle était isolée du groupe. Elle se retourna et s'enfuit aussi vite qu'elle le put, refusant d'attendre pour savoir ce qu'il voulait.

Quelques années plus tard, en 2009, Roger Thivierge et Marie-Claude Martineau achetèrent la propriété de quarante-trois hectares, l'asile abandonné et tout le reste.

Le couple pensait que ce serait le projet idéal pour leur retraite. Ils prévoyaient de se lancer dans l'élevage de bouledogues français et de convertir l'asile en résidence pour personnes âgées. Ils ignoraient alors qu'ils avaient acheté un édifice hanté, mais ils ne tardèrent pas à le découvrir.

Après quelques semaines, des chasseurs de fantômes commencèrent à se faufiler dans leur propriété tard la nuit. Certains, plus destructeurs que d'autres, cassaient les fenêtres et endommageaient les murs. Roger et Marie-Claude fabriquèrent des pancartes portant la mention «Privé». Mais la plupart des intrus ignorèrent les écriteaux et l'un d'eux y inscrivit même à la peinture «LE DIABLE EST ICI». À bout de patience, Roger et Marie-Claude

Un corridor dans l'asile de Sainte-Clotilde-de-Horton

appelèrent la police. L'un des agents leur fit une suggestion inattendue. Pourquoi ne pas profiter de l'intérêt pour le macabre et faire payer aux gens un droit d'entrée pour visiter l'asile hanté?

Quand un intrus voulut se faufiler sur les lieux, le couple l'arrêta et lui dit qu'il pouvait visiter l'établissement… s'il payait un droit d'entrée. Le visiteur s'empressa de payer. La nouvelle se répandit et, peu de temps après, des gens vinrent de toute la province, du pays et même du monde entier, avec des visiteurs venus d'aussi loin que l'Europe et l'Amérique du Sud.

Patrick, Izabel et les autres membres d'APPA Paranormal retournèrent plusieurs fois sur les lieux au cours des années, et ils ne furent jamais déçus. Mais en 2017, le service des incendies local jugea l'édifice dangereux et ordonna que l'on installe une clôture autour pour empêcher les gens d'entrer. Pendant leur dernière visite, avant l'installation de la clôture, Patrick et Izabel parlèrent non pas avec un ou deux, mais avec *trois* fantômes différents. Chacun d'eux était plus glauque que le précédent.

Pour commencer, ils descendirent au sous-sol. Ils crurent entendre quelque chose dans l'ombre et eurent l'impression qu'ils n'étaient plus seuls.

—Comment t'appelles-tu? demanda Patrick dans le noir.

—James, répondit un jeune garçon.

Ils reconnurent la voix qu'ils avaient entendue des années auparavant.

Malgré leur peur, Patrick et Izabel arrivèrent à rire un peu. Après tout, c'était pour entrer en contact avec un fantôme qu'ils étaient venus. Ils remontèrent bientôt au rez-de-chaussée, où ils entendirent la deuxième voix.

Comme ils entraient dans une pièce sombre, ils entendirent quelqu'un pouffer de rire. On aurait dit un autre enfant, mais une fillette, cette fois-ci. Izabel lui demanda son nom.

—Amélie, hurla-t-elle, ce qui fit presque bondir le couple.

Ils poursuivirent leur chemin et finirent par atteindre le dernier étage.

Debout au milieu du dortoir où avait eu lieu l'incendie qui avait tué neuf personnes, Patrick et Izabel essayèrent d'inciter les esprits à se manifester. Mais il ne se passa rien. C'était bizarre, d'autant que le reste du bâtiment était toujours si animé.

—Si vous ne me parlez pas, je m'en vais, finit par dire Patrick.

Izabel et lui se dirigeaient vers l'escalier quand ils furent interrompus par la troisième voix de la nuit.

—Hé! Où allez-vous? vociféra une voix masculine.

Malgré leur peur, Patrick et Izabel tinrent bon et arrivèrent à discuter un peu plus avec le fantôme. Il s'appelait Gérard, leur apprit-il, ce qui correspondait au prénom d'une des personnes décédées dans l'incendie. Même si Gérard semblait vouloir qu'ils restent, Patrick et Izabel s'en allèrent et sortirent dans le clair de lune. Tout excités par leurs incroyables rencontres, ils étaient aussi un peu soulagés d'avoir quitté l'asile sans avoir subi aucun préjudice physique.

Mais les blessures psychologiques sont souvent les plus profondes et, dans un endroit comme l'asile de Sainte-Clotilde-de-Horton, les maladies de l'esprit ont l'habitude de persister... parfois longtemps après la mort.

L'AMI IMAGINAIRE

Montréal, Québec

Il arrive souvent que les jeunes enfants aient des amis imaginaires. Quand des parents voient leur fils ou leur fille parler à un espace vide, ils savent que leur enfant traverse simplement une étape normale de la vie. Cela ne comporte certainement rien d'inhabituel ou d'effrayant. À moins, bien entendu, qu'un jour, vous commenciez à croire que l'ami supposément imaginaire ne l'est peut-être pas — que l'enfant parle et joue vraiment avec quelqu'un d'outre-tombe.

Jeunes mariés, Kyle et Pete emménagèrent dans leur première maison sans se douter que quelque chose ne tournait pas rond. La maison était la dernière d'une rangée dans la rue Georges-Vanier à Roxboro, une banlieue de Montréal. Survoltés à l'idée d'entreprendre leur vie conjugale, ils avaient la tête pleine de rêves en pensant à ce que l'avenir leur réservait. De nouvelles expériences, de nouvelles carrières, des enfants — c'était exaltant. Il est vrai que la petite maison ne payait pas de mine, mais cela ne dérangeait pas vraiment Kyle. Le couple ne pouvait se permettre davantage pour le moment, et elle savait qu'ils n'habiteraient pas là toute leur vie. Pourtant, si elle était complètement honnête, elle sentait que la maison de la rue Georges-Vanier avait quelque chose de troublant. Une chose qu'elle n'arrivait pas à définir. Une de ses meilleures amies éprouvait même une impression de malaise chaque fois qu'elle lui rendait visite. En fait, cette amie détestait venir chez elle, et elle lui a même confié qu'elle était certaine qu'il y avait une sorte de présence dans la maison.

Avec le temps, Kyle et Pete cessèrent d'y penser. Ils accueillirent bientôt leur premier enfant, Gareth. Ils connurent des moments heureux tandis que Gareth grandissait et riait, apprenait à ramper, puis à marcher et à parler. Lorsque Gareth eut dix-huit mois, quelque chose d'étrange commença à se produire.

Un jour, Kyle trouva son fils assis sur la dernière marche de l'escalier. Les yeux levés, il parlait à… quelque chose. Kyle regarda vers le haut, mais il n'y avait personne. Elle demanda à Gareth à qui il parlait.

—À mon ami, répondit l'enfant. Duke.

Une réponse qui étonna Kyle. En plus d'être le premier ami imaginaire de son fils, le nom était inhabituel. Pourquoi Duke? Ils ne connaissaient personne de ce nom et il n'y avait aucun Duke dans les livres et les émissions de télé qu'ils lisaient ou regardaient ensemble.

Les jours passèrent et Gareth passait de plus en plus de temps avec Duke.

—Viens ici, Duke, disait-il souvent en se déplaçant avec son ami imaginaire dans la maison.

—Viens avec moi, Duke.

Souvent, quand les adultes allaient s'asseoir sur le canapé du salon, Gareth agitait furieusement ses bras et criait :

—Ne vous assoyez pas sur Duke!

Médusés, les adultes acceptaient de s'asseoir de l'autre côté du canapé en regardant l'espace vide à côté d'eux.

Mais cet espace était-il aussi vide que les adultes le croyaient? C'est ce que Kyle pensait, mais elle changerait bientôt d'avis.

Un jour, alors qu'elle rendait visite à une voisine qui habitait aussi dans la rue Georges-Vanier, Kyle mentionna que son fils avait un ami imaginaire. Plus elle avançait dans son histoire et plus elle ajoutait de détails, plus les yeux de sa voisine s'écarquillaient. Et quand Kyle révéla que l'ami imaginaire s'appelait Duke, son interlocutrice pâlit.

—Avant que vous n'emménagiez ici, chuchota-t-elle enfin d'une voix tremblante, une vieille dame vivait dans cette maison. Un incendie s'est déclaré. La vieille femme et son chien ont péri dans le brasier. Le nom du chien, Kyle… le chien s'appelait Duke.

Tout eut soudain un sens — un sens qui donnait froid dans le dos et faisait dresser les cheveux sur la tête. Gareth qui encourageait Duke à descendre l'escalier. Gareth qui tapotait sa jambe et disait à Duke de «venir avec lui». Gareth qui insistait pour que personne ne s'assoie sur Duke. Son ami imaginaire ne l'était pas. C'était un chien… un chien mort.

L'enfant continua à parler et à jouer avec le chien fantôme que lui seul pouvait voir jusqu'à ce que la famille déménage. Il avait alors trois ans. Il ne vit jamais Duke dans leur nouvelle maison — l'esprit était resté là où il avait trouvé la mort — et Gareth ne reparla jamais de Duke. Devenu adulte, Gareth n'a aucun souvenir d'avoir eu un ami «imaginaire», fantôme ou pas. Mais sa mère est loin d'avoir oublié.

La prochaine fois que tu verras un jeune enfant parler à un coin vide dans une pièce ou à une chaise inoccupée, il se peut qu'il soit en train de jouer avec un ami imaginaire. Mais il se peut aussi que l'enfant se soit en fait lié d'amitié avec un animal ou une personne qui n'est plus de ce monde, du moins physiquement.

LA COLLINE AU FANTÔME

Luskville, Québec

Dans les années 1940, un fermier du nom de Wyman McKechnie marchait sous un ciel nuageux éclairé par la pleine lune. Chaque fois que les nuages passaient devant la lune, McKechnie avait du mal à voir plus de quelques pieds devant lui, mais quand ils disparurent, il jeta un regard par-dessus son épaule. Là, debout au milieu de la route sur la colline au Fantôme, il distingua dans l'ombre la silhouette d'un homme vêtu d'une cape blanche, flottant un pied au-dessus du sol. Terrifié, McKechnie hurla et accéléra le pas. Derrière lui, le spectre marchait au même rythme. McKechnie se mit à courir et le fantôme le suivit. McKechnie courut encore plus vite sans parvenir à semer son poursuivant. Il courut jusqu'à ce que l'épuisement le force à s'asseoir sur un rondin de bois pour reprendre son souffle.

Le fantôme se glissa à l'autre bout du rondin et chuchota :

—Eh bien, on était pressé d'y aller, c'est sûr.

McKechnie bondit sur ses pieds et trouva le courage de rétorquer :

—Oui! Et à présent que j'ai repris mon souffle, on va aller encore plus loin!

Il réussit à semer le fantôme et à rentrer chez lui, mais il fut incapable d'échapper aux cauchemars qui hantèrent ses nuits par la suite.

Aujourd'hui, l'autoroute 148 traverse Luskville et gravit la colline au Fantôme. Les seuls édifices qui s'y trouvent sont une petite église en pierres, construite si près de la route qu'elle est pratiquement au milieu, et une vieille ferme à l'abri des regards sur un chemin dérobé. Les buissons qui poussent des deux côtés de la route sont enchevêtrés et oppressants, et la route elle-même est raide et sinueuse. Plusieurs accidents mortels s'y sont produits au cours des années. Certains blâment la route. D'autres accusent les fantômes.

Au début des années 1800, un jeune homme se déplaçait silencieusement dans les bois, un fusil de chasse à la main. Il espérait attraper une ou deux perdrix pour son souper. Inhabituellement noir et lugubre, le ciel nimbait les alentours d'une lumière grisâtre et limitait la visibilité.

Quand l'homme commença à gravir la côte, il aperçut au sommet une vache qui descendait lentement vers lui. Il s'arrêta et regarda la vache; elle paraissait bizarre dans la lumière agonisante. Quelque chose ne tournait pas rond. C'est alors que l'animal se rua soudain vers l'homme en courant d'une façon très particulière. L'homme eut un mauvais pressentiment. Il leva son fusil et quand la vache eut couvert la moitié de la distance qui les séparait, il appuya sur la gâchette. Une forte détonation résonna à travers les collines. La vache s'effondra juste à côté d'un vieil arbre noueux. L'homme se précipita vers l'animal et regarda, horrifié. La vache qu'il croyait avoir abattue était en réalité un autre homme — son meilleur ami, en fait —, qui s'était couvert d'une peau de vache pour faire peur à son copain. Il avait réussi son coup. Et le plaisantin paya cette farce de sa vie.

Mais son âme ne put trouver la paix. On croit que son esprit quitta son corps encore chaud et fusionna avec l'arbre. Les branches évoquaient des bras osseux à plusieurs doigts, les racines étaient comme des jambes tordues engluées dans la boue et l'écorce ressemblait aux rides sur un visage qui avait vu trop de souffrance et de misère. La colline où se trouvait cet arbre fut dès lors connue comme la colline au Fantôme.

Non content de devenir une partie oubliée du paysage, l'arbre devint la source de nombreux méfaits et exerça sa vengeance sur de malheureux voyageurs sans méfiance qui passaient par là. Les fermiers épouvantés abandonnaient leurs charrettes et couraient se réfugier dans leurs maisons, racontant à leurs familles que les roues s'étaient prises au milieu de la colline au Fantôme comme si une force invisible s'était manifestée et les avait piégées dans son étreinte puissante. Les chevaux devenaient agités et effrayés, sans raison apparente, et se dressaient sur leurs pattes arrière, jetant les cochers à terre et fuyant dans la nuit. Les hommes qui se retrouvaient sans monture se relevaient, essuyaient la poussière sur leurs pantalons et entendaient soudain des sons mystérieux, comme des murmures, qui se transformaient en hurlements dans les bois autour d'eux. Personne ne s'attardait suffisamment pour découvrir la source de ces bruits inquiétants dans l'obscurité.

Il fallait faire quelque chose au sujet de l'arbre hanté. Et c'est ainsi qu'en 1830, le propriétaire du terrain, un immigrant et cultivateur irlandais nommé Joseph Lusk, fut mandaté pour abattre l'arbre.

Fou de terreur et riant hystériquement, Joseph Lusk s'attaqua à la base de l'arbre noueux à coups de hache.

La ferme de la colline au Fantôme

Des éclairs illuminaient les yeux écarquillés de Lusk tandis que, fébrile, il accomplissait sa tâche, ne s'arrêtant que brièvement pour éponger la sueur qui coulait dans ses yeux et pour brosser les copeaux de bois de son manteau. Chaque fois que sa hache entaillait l'arbre, il pouvait jurer qu'il entendait un cri de douleur. C'était comme s'il n'était pas en train d'abattre un arbre, mais de découper un être humain en morceaux. D'une certaine façon sombre et tordue, ce n'était pas très loin de la vérité.

Une fois le travail achevé, les villageois espérèrent ne jamais voir d'autres fantômes. Pourtant, quelques années plus tard, la colline au Fantôme fit une autre victime innocente.

Un soir, très tard, deux hommes rentraient chez eux en revenant d'une taverne d'Aylmer, quand ils commencèrent à se disputer. Ils s'étaient déjà disputés auparavant, comme le font tous les amis, et leurs querelles étaient habituellement résolues et vite oubliées. Mais cette fois, l'un des hommes prit une fourche dans sa charrette tirée par un cheval et empala son ami sur les dents métalliques, juste au sommet de la colline au Fantôme. L'esprit de l'homme assassiné s'installa de façon permanente dans les bois.

En 1885, un fermier de la région nommé Jim Boyer avait connu une journée lucrative au marché d'Aylmer, où il avait vendu du beurre, du porc et des légumes. Il rentrait chez lui de bonne humeur, ses poches pleines d'argent, quand une bande de voleurs le prit en embuscade sur la colline au Fantôme. Ils lui volèrent tout son argent et le laissèrent mourir dans une mare de son propre sang. L'âme de Boyer rejoignit le groupe de plus en plus nombreux des fantômes de la colline, qui réclament justice contre leurs assassins sans jamais trouver la paix.

On croit que d'autres esprits rôdent dans les bois de la colline au Fantôme et, dans les années 1930, l'un d'entre eux monta à bord d'un autobus qui roulait sur l'autoroute 148. Quand le chauffeur arriva au sommet de la colline, il jeta un coup d'œil dans le rétroviseur. Il avait cru l'autobus vide, mais quelle ne fut pas sa surprise de voir une femme âgée assise à l'une des dernières rangées, regardant solennellement par la fenêtre. Pendant qu'il descendait de l'autre côté de la colline, il se demanda comment il avait pu ne pas la voir monter dans l'autobus. Il décida de s'arrêter au bas de la colline pour la laisser descendre. Alors qu'il passait devant un petit cimetière, il entendit un grand *wouch* — comme si quelque chose était passé rapidement à côté de lui, avait traversé la porte fermée et avait disparu dans la nuit. Il arrêta l'autobus, ouvrit la porte et se retourna… mais l'autobus était vide.

Parfois, un nom n'est qu'un nom, rien de plus. Mais la colline au Fantôme est plus que ça. C'est un avertissement sérieux de ce que tu trouveras si tu as suffisamment de courage pour t'aventurer dans Luskville.

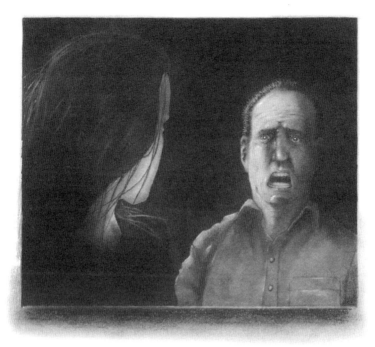

LE CLUB DES ESPRITS

Montréal, Québec

Une jeune femme avait entendu des rumeurs à propos d'une boîte de nuit située au 1234, rue de la Montagne, et elle voulait constater de ses propres yeux si elles étaient fondées. On racontait qu'autrefois, l'endroit avait abrité un salon funéraire et que des esprits maléfiques hantaient le sous-sol, le rez-de-chaussée et le grenier. Curieuse, elle se sépara des amis avec lesquels elle était arrivée et demanda à un serveur si elle pouvait monter au grenier, juste pour une minute ou deux.

—Il n'en est pas question, répondit-il. Le grenier est hors limite.

Son refus ne fit qu'attiser la curiosité de la jeune femme. Si, auparavant, elle avait été curieuse, c'était maintenant devenu une obsession. Dès que le serveur eut le dos tourné et qu'il ne put plus la voir, elle monta subrepticement l'escalier qui menait au grenier.

Quelques instants plus tard, les clients au rez-de-chaussée entendirent un hurlement terrible, assez fort pour couvrir le son de la basse profonde de la musique de danse. Comme ils se trouvaient au rez-de-chaussée du club, ils ne virent pas ce qui arriva ensuite. Mais les videurs, dehors devant la porte principale, furent témoins de toute la scène.

La femme passa à travers la fenêtre du grenier et atterrit sur le balcon au milieu d'une averse de verre brisé. Poussant des cris hystériques, elle se releva et, sans attendre, se jeta du balcon. Heureusement, l'un des videurs put la rattraper et lui sauva sans doute la vie. Comme elle ruait, hurlait et essayait de se libérer, il l'entraîna dans le club pour empêcher que la situation n'empire. De plus, il ne voulait pas qu'elle blesse quelqu'un, y compris elle-même, plus qu'elle ne l'avait déjà fait.

Laura, une barmaid qui travaillait au club en 2005 au moment de l'incident, était là quand la femme fut ramenée à l'intérieur. Celle-ci continua de hurler sans arrêt de toute la force de ses poumons pendant ce qui parut une éternité. La jeune femme s'exprimait dans un charabia dénué de sens, mais il était très clair qu'elle avait vu quelque chose de vraiment terrifiant, quelque chose qui lui avait presque fait perdre la tête. Finalement, les policiers et les ambulanciers arrivèrent. Au prix d'efforts incroyables, ils parvinrent à l'allonger sur un brancard et à l'emmener dans une ambulance, mais elle ne cessa pas une seconde de crier. Laura commença à se demander si la malheureuse était possédée.

Les rumeurs que cette femme avait entendues étaient

1234, rue de la Montagne, en 1899

tout à fait vraies; la boîte de nuit avait autrefois été un salon funéraire et, selon bien des témoignages, elle était maintenant hantée. Le bâtiment avait été construit en 1859 à titre de résidence privée appartenant à David R. Wood, un homme d'affaires prospère. Il a ensuite appartenu à Sir Alexander Tilloch Galt, politicien et père de la Confédération canadienne. En 1902, l'édifice devint la Maison funéraire Joseph C. Wray et le demeura jusqu'en 1970, quand la compagnie décida de s'installer ailleurs. Le 1234, rue de la Montagne resta alors à l'abandon pendant huit ans avant d'être acheté et converti une fois de plus. Cette fois, on en fit une boîte de nuit huppée. La direction et le nom changèrent plusieurs fois au fil des ans, ce qui amena les gens à se demander si les différents propriétaires n'avaient pas été effrayés par des esprits qui refusaient de partir après la fermeture du bar.

Le pire de ces fantômes — du moins en ce qui concerne son apparence physique — était une femme qui avait été vue près du bar, au rez-de-chaussée. Un soir, très tard, pendant les rénovations effectuées dans les années 1970, des ouvriers du bâtiment virent une grosse boule de lumière — un orbe fantôme — se diriger vers eux en flottant dans les airs. Ils appelèrent le propriétaire pour se plaindre et avouèrent qu'ils étaient trop effrayés pour continuer à travailler dans l'édifice pendant la nuit. Le propriétaire éclata de rire et rejeta leurs inquiétudes. D'autres personnes lui avaient mentionné que le bâtiment était hanté, mais il n'avait rien vu qui puisse confirmer ces suppositions, et il ne croyait pas aux histoires qu'il avait entendues. Sa curiosité fut pourtant piquée et il visita la boîte de nuit tard un soir, en partie pour voir comment progressaient les rénovations, mais surtout pour prouver qu'il ne se passait rien d'inhabituel.

À son arrivée, la porte était verrouillée et tous les travailleurs étaient déjà rentrés chez eux. L'édifice était complètement vide, ou du moins, c'est ce qu'il croyait. Debout, près du bar, une femme en robe noire se tenait dos à lui. Ne voulant pas l'effrayer, et se demandant comment elle était entrée, il s'approcha prudemment. Il s'assit au bar à côté d'elle et ouvrit la bouche pour lui demander si elle avait besoin d'aide, mais elle se retourna avant qu'il puisse prononcer un mot. Quand elle lui fit face, il faillit tomber de son tabouret.

La femme en robe noire n'avait pas de visage. On aurait dit que sa peau avait été arrachée. Horrifié et révolté à la vue de la créature horrible qui se tenait devant lui, le propriétaire se retourna et se précipita hors du bâtiment. Et il n'y retourna jamais, préférant vendre la boîte de nuit plutôt que de finir les rénovations. Il est donc logique que la première boîte de nuit à ouvrir ses portes par la suite eût pour nom « Club l'Esprit ».

Monica Wizinski, qui travaillait à la boîte de nuit quand celle-ci s'appelait World Beat Complex, entendit, une fois, un bruit bizarre au rez-de-chaussée avant que le club ouvre ses portes au public. Quand elle entra dans la pièce pour voir de quoi il s'agissait, elle vit une grande boule de lumière bleue qui flottait dans les airs, comme ce que les ouvriers du bâtiment avaient vu des années auparavant. Elle resta un moment à la regarder, complètement fascinée. La boule se dirigea ensuite vers elle et entra dans son corps par sa main tendue. Monica décrivit la sensation de la lumière la traversant comme étant insensée et envahissante. Dès que la lumière ressortit de son corps, Monica fut certaine qu'il s'agissait d'un fantôme. Heureusement pour elle, l'esprit s'en tint là. Tous ceux qui sont entrés en contact avec l'un des fantômes de l'endroit ne peuvent en dire autant.

Un soir, une jeune cliente se lavait les mains dans les toilettes au sous-sol quand une autre femme s'approcha rapidement d'elle par-derrière. Elle était d'une pâleur mortelle et avait de grands cernes noirs sous les yeux, mais ce n'étaient pas ces deux caractéristiques physiques qui frappaient le plus. La jeune cliente fut plutôt impressionnée — et épouvantée — par les épaisses cicatrices rouges en forme de «Y» sur sa poitrine et par le fait qu'elle était transparente. Elle pensa qu'elle ressemblait au fantôme d'un cadavre qui avait fait l'objet d'une autopsie. Sans lui laisser le temps de penser à autre chose, le spectre l'agrippa par le cou, qu'il commença à serrer. La cliente lutta en vain pour se libérer. Pendant qu'elle se débattait, le fantôme disparut puis réapparut à quelques reprises. Mais même quand le fantôme n'était pas visible, la cliente pouvait encore sentir sa présence et ses doigts invisibles maintenir leur emprise autour de son cou. Finalement, alors qu'elle était sur le point de perdre connaissance, le fantôme la lâcha et disparut une fois pour toutes.

En 2010, pendant l'enregistrement d'une émission de télévision appelée *Rencontres paranormales,* MC Mario, un DJ populaire et propriétaire du club à cette époque, y invita un groupe d'enquêteurs sur les phénomènes paranormaux. Il avait vu des portes claquer et entendu la voix d'une fillette qui chantait, et il espérait avoir des réponses. Assis autour d'une table au sous-sol, les mains posées à plat sur la surface, les membres de l'équipe tinrent une séance. Ils posèrent une série de questions aux esprits et l'un d'eux finit par répondre en faisant osciller la table. Ils établirent rapidement qu'il s'agissait de la première épouse de Sir Alexander Tilloch Galt. Pendant une grande partie de son après-vie, elle avait été agacée par la musique assourdissante parce que cela dérangeait une de ses filles, un autre esprit demeuré dans l'édifice après sa mort. Le groupe demanda à Mme Galt si elle accepterait de laisser les vivants en paix si MC Mario jouait une œuvre composée par Mozart au début de chaque soirée. Le fantôme accepta.

MC Mario respecta sa part du marché et aucune autre activité paranormale ne fut rapportée jusqu'à ce qu'il vende l'immeuble, en 2013. Quand la nouvelle boîte de nuit ouvrit ses portes et que le rituel d'ouverture de MC Mario fut abandonné, les fantômes revinrent.

Mais qu'avait donc vu la jeune femme qui avait sauté du grenier en 2005 pour être aussi hystérique? Cette question préoccupe encore aujourd'hui de nombreuses personnes, y compris celles qui sont entrées seules dans le grenier, que ce soit volontairement ou par accident. Un soir, peu de temps après que la femme eut été emmenée en ambulance, trois employés se lancèrent le défi d'aller voir la pièce vide de leurs propres yeux. Après avoir attendu dans un silence tendu pendant quelques minutes, ils aperçurent une ombre qui flottait le long du mur. Ils ne s'attardèrent pas pour mieux voir. Ils retournèrent là d'où ils étaient venus — et qui pourrait les blâmer?

Certaines personnes vont danser pour oublier leur vague à l'âme. D'autres vont danser... et repartent trois fois plus pâles qu'à leur arrivée.

LA PIÈCE SECRÈTE

Hudson, Québec

Les choses auraient pu se passer beaucoup mieux — ou différemment, du moins — pour les sœurs Kyle et Lindsay, si leurs parents n'avaient jamais découvert la pièce secrète.

En 1963, la famille emménagea à Riverwood, une grande maison construite au début du vingtième siècle sur la rive sud de la rivière des Outaouais. Par une chaude journée d'été, le père des filles nettoyait les fenêtres du deuxième étage à l'intérieur de la maison pendant que leur mère jardinait à l'extérieur. Cette dernière fit une courte pause et marcha autour de la maison, admirant la beauté naturelle de la nouvelle propriété familiale tout en observant le travail de son mari. Le soleil se reflétait de tous ses feux dans les fenêtres fraîchement nettoyées, mais elle remarqua alors que l'une d'elles semblait avoir été oubliée. La fenêtre était couverte de poussière et de toiles d'araignée emmêlées.

Elle alla retrouver son mari à l'intérieur.

—Tu as oublié la fenêtre ronde, lui dit-elle.

De quoi lui parlait-elle? Il ne comprenait pas. Non seulement il était passé méthodiquement de pièce en pièce pour nettoyer toutes les fenêtres du deuxième étage, mais il n'avait aucune idée à quelle fenêtre sa femme faisait allusion. Elle n'existait pas — pas à sa connaissance, du moins. Mais sa femme insista : il y avait une fenêtre ronde et il avait oublié de la nettoyer.

Ils allèrent dehors et firent le tour de la maison. Il y avait bel et bien une fenêtre ronde à l'arrière et, de toute évidence, elle n'avait pas été nettoyée depuis très, très longtemps. Mais ni le père ni la mère ne savaient comment accéder à cette fenêtre depuis l'intérieur du logis. C'était presque comme si elle n'existait qu'à l'extérieur de la maison.

Ils montèrent à l'étage et conclurent que la fenêtre devait se trouver derrière un mur à proximité de l'escalier arrière. Ils tapèrent sur le mur et s'aperçurent que leurs coups sonnaient plus creux qu'ils l'auraient dû. Après avoir réfléchi quelques instants à la question, ils décidèrent d'abattre le mur de la salle de bains pour voir ce qui se cachait de l'autre côté... s'il y avait quelque chose. Jamais ils n'auraient pu deviner ce qu'ils allaient découvrir.

À l'aide d'une masse, ils firent un trou dans le mur, assez grand pour pouvoir passer au travers. Ils furent alors interloqués en découvrant une pièce secrète qui avait été scellée il y a bien longtemps. La pièce était très grande avec un haut plafond, des étagères et des casiers vides. Elle avait dû servir d'espace de rangement à la femme de chambre de Riverwood, à l'époque, mais personne ne pouvait imaginer pourquoi elle avait été condamnée et oubliée. On aurait dit qu'un ancien propriétaire avait voulu camoufler la pièce ou oublier son existence. Mais maintenant que les parents l'avaient découverte, ils décidèrent de poser une porte sur le trou qu'ils venaient de percer et d'en faire une salle de couture pour la mère.

C'est alors que des choses funestes commencèrent à se produire.

Lindsay et Kyle sentaient qu'il y avait une présence maléfique à l'intérieur de la maison, et plus particulièrement à l'étage, près de la pièce secrète. L'air y devenait subitement très froid et la pièce s'obscurcissait. Et l'un de leurs deux jeunes frères, qui n'avait que cinq ans à cette époque, raconta à ses sœurs qu'il avait entendu des choses bouger dans sa chambre au milieu de la nuit. Souvent, quand il se réveillait, il voyait que les commodes de sa chambre, qui étaient bien trop lourdes pour lui, avaient été déplacées.

Lindsay et Kyle partageaient une chambre et, une nuit, Lindsay fut réveillée par un bruit inhabituel et angoissant. Les deux sœurs s'assirent dans leurs lits et, après s'être assurées qu'elles ne rêvaient pas, elles virent, muettes et horrifiées, la porte de leur placard s'ouvrir lentement. Puis quelqu'un tira sur la ficelle et alluma la lumière. Un *clic clic* se fit entendre. L'ampoule et la ficelle se balançaient dans les airs, mais les filles voyaient très bien dans la lumière qu'il n'y avait personne dans le placard. Il y avait pourtant *quelque chose* et, peu importe ce que c'était, cette chose n'aimait pas la façon dont les vêtements étaient disposés. La présence invisible se mit à déplacer frénétiquement les vêtements des fillettes d'un côté à l'autre avant de sortir les robes du placard et de les replacer dans un ordre différent.

—Tu es réveillée? chuchota Lindsay.

—Oui, répondit Kyle.

—Tu vois ça?

—Oui!

Le fait d'entendre la voix terrifiée de sa sœur dans le noir et de savoir qu'elle aussi regardait ce qui se passait dans le placard rendit la chose encore plus horriblement réelle pour Lindsay. L'épreuve dura trente minutes.

Lorsqu'ils avaient besoin d'aller aux toilettes au milieu de la nuit, les quatre enfants voyaient souvent une petite lumière bleue voleter dans le corridor juste devant eux. La lumière bougeait parfois de façon fantasque alors que d'autres fois, elle bondissait dans les airs. Les filles se mirent à la considérer comme la «Fée Clochette». La lumière passait sous une lourde draperie qui pendait à travers le couloir, et quand les enfants l'écartaient, ils voyaient la lumière passer sous la porte de la salle de bains — celle où leurs parents avaient créé une entrée vers la pièce secrète. Mais quand ils entraient dans la salle de bains, la lumière avait disparu. Bien qu'ils aient tous vu la lumière à plusieurs occasions différentes, aucun des enfants n'en discuta avec les autres. Ils ne le firent que bien des années plus tard.

Si l'activité paranormale à Riverwood avait été inquiétante jusque-là, elle était sur le point de devenir encore bien plus terrifiante.

C'était un jour d'hiver clair et ensoleillé, et Lindsay rentrait chez elle après l'école. Elle entra dans sa chambre et s'arrêta brusquement avant de hurler de toutes ses forces. Au milieu d'un grand miroir ouvragé accroché au mur se dressait une sculpture de lion en laiton qui la dévisageait avec une expression de haine intense. Kyle se rua auprès de Lindsay et lui demanda ce qui n'allait pas.

Lindsay et Kyle devant la maison de Riverwood

Mais quand elle regarda dans le miroir, elle ne vit que son propre reflet, celui de sa sœur et le reste de la pièce.

Le lion continua d'apparaître dans le même miroir tout au long de l'hiver et Kyle finit par le voir elle aussi. Comme il s'agissait d'une statue en laiton, le lion ne bougeait jamais quand les filles le regardaient, mais chaque fois qu'il apparaissait, il arborait une expression différente. La seule constante était qu'il semblait toujours être en colère, méchant et terrifiant. Puis, six mois plus tard, le lion cessa d'apparaître dans le miroir.

L'hiver suivant, une des fillettes se réveilla tard dans la nuit avec un mauvais pressentiment et réveilla aussitôt sa sœur. À l'extérieur, devant la fenêtre de leur chambre, deux yeux rouges les regardaient fixement. Les fillettes ne voyaient rien d'autre que les yeux — le corps de la personne (ou de la créature) était caché dans l'obscurité. Et ce qui se trouvait dehors et les dévisageait semblait flotter dans les airs, car il n'y avait aucun endroit où se tenir debout et rien à quoi se tenir à l'extérieur de cette fenêtre. Les yeux rouges — les filles en vinrent à les appeler les «yeux du diable» — apparurent quatre autres fois cet hiver-là, soit au milieu de la nuit soit au crépuscule.

La famille quitta Riverwood en 1968, mais elle ne put jamais oublier la vieille maison. Les maisons hantées ont tendance à hanter leurs occupants pour le reste de leur vie, longtemps après que les événements terrifiants soient devenus de lointains souvenirs.

LE NOYÉ

Québec, Québec

La fête prévue devait être joyeuse : c'était l'occasion de célébrer les récents succès d'Atkinson, Usborne & Co., une compagnie d'expédition qui transportait le bois de Québec jusqu'en Angleterre. Mais les réjouissances cessèrent brusquement lorsqu'un invité inattendu se présenta sans prévenir.

C'était au milieu des années 1800 et George Usborne, l'un des principaux barons du bois au Québec, jouissait avec sa femme, Mary, d'une immense fortune. Ils vivaient dans un gigantesque manoir de pierre appelé Pavillon du Champ du loup, sur le chemin Saint-Louis, à Cap-Rouge, qui fait maintenant partie de la ville de Québec. Agrémenté de vastes et splendides jardins, le manoir se trouvait sur l'un des cent acres de terre riveraine. Il abritait un parc privé et donnait sur le fleuve Saint-Laurent.

À l'origine capitaine d'un bateau britannique, Usborne arriva au Canada en 1820 à l'âge de vingt-quatre ans et rejoignit aussitôt la compagnie d'expédition, ce qui finit par le mener au commerce du bois. À cette époque, Usborne était un honnête homme qui menait ses affaires dans les règles de l'art. Mais plus il gagnait d'argent, plus il en *voulait*. Il se mit alors à chercher des moyens d'accroître sa fortune. S'il chargeait du bois sur les ponts en plus d'en remplir la cale de ses navires, il pourrait en transporter deux fois plus dans le même temps et augmenterait ainsi ses profits, décida-t-il. C'était là un projet incroyablement dangereux. En effet, en cas de tempête, les billes carrées — qui pouvaient peser jusqu'à mille kilos chacune — risquaient de glisser sur le pont et de tuer quiconque aurait le malheur de se trouver sur leur chemin, et pourraient même faire chavirer le bateau. Les hommes protestèrent, mais Usborne avait pris sa décision et refusa de changer d'idée. À partir de ce moment, les ponts de ses navires furent chargés de bois.

La fortune d'Usborne augmenta en un rien de temps. Mais c'est alors qu'une tragédie frappa.

La fête organisée par George et Mary pour célébrer la réussite d'Atkinson, Usborne & Co. se tenait dans la salle de bal de leur manoir de Cap Rouge. Les personnes les plus riches de la province étaient présentes. Les femmes portaient des robes très chères en provenance de Londres et tout le monde dégustait avec plaisir les meilleurs vins importés de Paris. Après un banquet où furent servis les mets les plus élégants et délicieux, les fêtards envahirent le plancher de danse au son de l'orchestre qui joua jusque très tard dans la nuit.

Soudain, on frappa à la porte de la salle de bal donnant sur le fleuve. Malgré la musique endiablée et les conversations joyeuses, le coup résonna aussi fort que si le tonnerre avait éclaté à proximité et le son se répercuta dans toute la pièce. L'orchestre cessa de jouer, les danseurs cessèrent de danser et tous les yeux — dont ceux de George et de Mary — se tournèrent lentement vers la porte.

Mais elle ne s'ouvrit pas.

Le couple traversa la salle et, après un instant, ouvrit la porte.

Un homme se tenait devant eux. Il était seul. Il portait une tenue de marin. Bizarrement, il était trempé et une flaque d'eau s'était formée à ses pieds. Le ciel nocturne était pourtant clair. Chose plus étrange encore : il avait la tête et les épaules couvertes d'algues, comme s'il avait été traîné sous l'eau sur des kilomètres dans les profondeurs du Saint-Laurent avant d'être projeté hors du fleuve à l'endroit même où il se trouvait.

Aucun des invités, ni même les Usborne, ne fut capable de bouger ou de parler. Immobiles, tous regardaient en silence l'homme mystérieux à l'air malade.

Ce dernier leva son bras et pointa le doigt vers la poitrine d'Usborne. Avant que celui-ci puisse lui demander ce qu'il voulait, l'inconnu ouvrit la bouche comme pour le blâmer de quelque méfait abominable, mais même si ses lèvres bougeaient avec fureur, aucun son ne s'en échappait.

Puis, sous les yeux de tous, l'homme se volatilisa. Usborne regarda le pas de la porte, là où il s'était tenu. Le sol était recouvert d'une flaque formée par l'eau qui avait dégouliné du corps de l'homme.

Peu de temps après, Usborne apprit que l'un de ses

navires avait fait naufrage le soir même où l'inconnu avait frappé à sa porte. Sa femme et lui comprirent tous deux qu'il devait s'agir du fantôme d'un des matelots noyés à cause de la cupidité d'Usborne. Deux autres bateaux sombrèrent et Usborne fit rapidement faillite. Sa femme et lui restèrent à Québec pendant plusieurs années tandis qu'Usborne tentait en vain de relever son commerce en ruines. Cette époque fut extrêmement stressante pour le couple, et pas seulement à cause de sa situation financière. Le même noyé qui avait interrompu la fête et dont les yeux pleins d'eau avaient regardé Usborne avec haine apparut au même endroit exactement un an plus tard. Encore une fois, il ouvrit la bouche et pointa le doigt vers Usborne comme pour vociférer une accusation avant de disparaître. Et il revint ponctuellement chaque année, même après que le couple eut renoncé à son manoir de pierre et quitté Cap-Rouge pour commencer ailleurs une nouvelle vie. Bien qu'Usborne eût déménagé, on raconte que l'esprit du noyé a refusé de quitter Cap-Rouge et qu'on peut toujours le voir, une fois par an, l'air perdu, en colère et complètement mort.

VEILLER SUR ELLES

Egan-Sud, Québec

James Maloney travaillait fort à moudre le grain pour en faire de la farine dans son moulin sur la rivière Désert. C'était le début du printemps et le soleil brillait, mais l'esprit de l'hiver n'avait pas renoncé et l'air était encore assez froid pour glacer les os des gens les plus courageux. Pourtant il faisait chaud dans le moulin, et James était si concentré sur sa tâche qu'il n'avait pas remarqué la température. Pendant la majeure partie de l'année précédente, il s'était jeté à corps perdu dans son travail et avait renoncé à de nombreuses choses qui avaient coutume de lui apporter de la joie, car elles lui rappelaient son épouse, Corabella, décédée subitement au printemps 1859.

Une pensée fit soudain irruption dans la tête de James et interrompit sa concentration profonde : il n'avait pas vu ses deux filles, Dorothy et Diane, depuis un bon moment. Les fillettes n'avaient que quatre et six ans, et James ne pouvait pas les laisser seules dans leur maison isolée et pittoresque — qu'il avait construite avec Corabella près d'une petite chute d'eau — pendant qu'il travaillait toute la journée. Les fillettes connaissaient donc très bien le moulin et ses alentours, et avaient été bien averties de ne jamais s'aventurer trop loin toutes seules. Mais James découvrit rapidement qu'elles avaient désobéi et qu'elles s'étaient aventurées dans les bois.

Pris de panique, il courut dans tout le moulin en criant et en appelant ses filles. Il ne pouvait pas perdre Dorothy et Diane. Il avait déjà trop perdu, trop souffert. S'il leur arrivait quelque chose de grave, il ne s'en remettrait jamais.

Quand Patrick Moore, un contremaître au camp de bûcherons situé à presque cinq kilomètres du moulin, apprit cette disparition, il organisa aussitôt une équipe de recherche. En faisaient partie Tom Budge, Moses Leary, Robert Carney, William Tarrney et John Michel, tous des bûcherons expérimentés qui connaissaient bien la région et avaient l'habitude de traquer des animaux aux empreintes bien plus petites que celles des deux fillettes perdues. Si quelqu'un pouvait retrouver les filles de James, c'étaient bien eux.

Mais l'espoir faiblissait au fur et à mesure que les jours passaient sans qu'on les retrouve. L'équipe réussit à trouver des traces des fillettes au nord le long de la rivière Désert, puis de nouveau sur huit kilomètres le long de la rivière Eagle. Leurs traces de pas parsemaient les berges, et l'équipe de recherche trouva des signes de l'endroit où elles s'étaient blotties un soir sous les épaisses racines d'un gros arbre, puis, un autre soir, sous une couverture de feuilles qu'elles avaient ramassées. Les hommes étaient des traqueurs si expérimentés qu'ils découvrirent même des indices montrant comment les fillettes survivaient dans la forêt, repérant les endroits où elles avaient mangé des baies de thé des bois et de cynorhodon sauvage.

Une semaine s'était écoulée depuis la disparition des filles, et les hommes ne les avaient pas encore retrouvées. Leur piste louvoyait de façon chaotique le long de plages de sable, à travers d'épais bosquets et sur les coteaux, faisant en sorte que les hommes perdaient parfois leurs traces. Mais chaque fois que le groupe de recherche commençait à perdre espoir, quelqu'un apercevait un signe et la battue reprenait.

—Quelqu'un doit veiller sur elles, déclara Patrick Moore, un matin, sur un ton à la fois abasourdi et solennel. Le temps était froid et humide, et bien que personne n'ait suggéré d'abandonner les recherches, il ne serait pas surprenant que cette pensée ait traversé l'esprit d'au moins un ou deux d'entre eux.

—Elles sont toujours vivantes. Il ne faut pas renoncer.

Un huitième jour passa, puis un neuvième. Les hommes découvraient à l'occasion des traces de pas ou d'autres signes de leur présence, mais pas les fillettes.

—Dorothy? criaient les hommes, Diane? Où êtes-vous?

Il n'y avait jamais de réponse, seules leurs propres voix résonnaient au milieu des collines environnantes.

Le dixième jour après la disparition des fillettes, quelques hommes déclarèrent ouvertement douter qu'elles soient encore en vie. Quelques-uns suggérèrent même de mettre fin aux recherches et de rentrer chez eux.

Patrick ne voulut rien entendre.

—Quelqu'un doit veiller sur elles, dit-il une fois de plus,

une phrase qu'il avait répétée plus d'une fois au cours des journées précédentes.

—Je crois qu'elles sont encore vivantes, ajouta John Michel en soutien à Patrick. Ça semble miraculeux, mais les signes nous disent qu'elles sont toujours en vie.

Les paroles de John eurent beaucoup de poids sur ceux qui, dans le groupe, doutaient. John connaissait la région mieux que quiconque et il était le trappeur le plus doué d'entre eux. S'il avait encore de l'espoir, ils devaient en avoir, eux aussi. Ils continuèrent.

Puis, le quatorzième jour, la piste des fillettes conduisit le groupe vers un grand marécage sur la rive du lac Cedar.

—Personne ne peut rester en vie ici très longtemps, fit remarquer l'un des hommes.

Personne ne le contredit. C'était un endroit dangereux et inhospitalier, et il était très dangereux de le traverser.

Tous les hommes décidèrent de se séparer et allèrent chercher un abri et de la nourriture dans un camp de bûcherons à proximité avant de retourner chez eux au matin, vaincus. Tous, sauf un.

—Je crois qu'elles sont encore en vie, affirma John, davantage pour lui-même que pour les autres. Je connais bien ce marais. Je vais continuer seul.

Le lendemain matin, deux semaines et un jour après que les filles se soient aventurées loin du moulin de leur père, John vit quelque chose bouger à travers les arbres devant lui. *Deux* choses : les fillettes! Elles avaient froid, elles étaient affamées et complètement terrorisées, mais elles étaient vivantes.

Quand John leur demanda comment elles avaient survécu aussi longtemps sans provisions, Dorothy marmonna :

—C'était la Femme en blanc.

Cette réponse laissa John perplexe, mais les filles avaient de toute évidence vécu une terrible épreuve. Il était tout à fait normal qu'elles soient désorientées et confuses. Il enleva son manteau et les enveloppa dedans avant de les prendre dans ses bras et de les porter hors du marécage, à travers les bois, jusqu'au camp de bûcherons.

Certains des autres hommes du groupe de recherche étaient encore là et se préparaient à rentrer chez eux, quand John apparut avec Dorothy et Diane sur son dos.

—C'est la Femme en blanc qui nous a sauvées, répéta Dorothy à quiconque demandait comment elles avaient survécu toutes seules aussi longtemps.

Aussi difficile à croire que cela puisse l'être, son histoire n'avait toujours pas changé lorsqu'elles furent ramenées en toute sécurité à leur père reconnaissant.

—Comment a-t-elle fait ça? demanda James une fois qu'il eut enfin récupéré suffisamment pour formuler des phrases cohérentes, ne sachant pas ce qu'il fallait croire, mais trop soulagé pour y accorder de l'importance.

—Chaque soir, elle restait à côté de nous dans la forêt quand nous nous couchions pour dormir et elle veillait sur nous, répondit Dorothy.

—Elle ressemblait à maman, ajouta Diane, en hochant la tête d'un air sincère. Et elle était tout en blanc, comme un ange.

Cela suffit pour que James se mette à croire ardemment en la vie après la mort. Il était convaincu que la « Femme en blanc » était le fantôme de sa défunte épouse, Corabella. L'histoire de la survie surnaturelle de Dorothy et de Diane fut transmise de génération en génération, faisant de la Femme en blanc le plus célèbre fantôme de Gatineau.

L'ESPRIT DE LA CATHÉDRALE

Québec, Québec

Une musique triomphante émanait fortement du célèbre orgue de la cathédrale Sainte-Trinité et emplissait l'édifice depuis ses bancs jusqu'à son plafond en forme de dôme. Il n'y avait qu'un homme dans l'église, l'organiste, et il était tellement concentré sur sa musique qu'il n'entendit pas tout de suite le bruit des pas qui venaient vers lui. Quand, enfin, il les entendit, il cessa de jouer et se retourna brusquement — l'écho de sa musique se tut. Il prit sa partition, se leva et jeta un regard circulaire dans l'église. Même s'il entendait encore les pas approcher de plus en plus près, il ne voyait pas âme qui vive.

Les pas résonnèrent de plus en plus fort, puis cessèrent soudainement, à gauche de l'organiste. La source de la perturbation se matérialisa alors devant ses yeux. Une femme vêtue d'une robe et d'un chapeau à l'ancienne apparut devant un des vitraux de l'église. De la sueur froide coula dans les yeux de l'homme, qui pouvait à peine respirer. Avant qu'il ne puisse réagir, la femme avait disparu.

Un instant plus tard, l'orgue se mit à hurler, un son plein de colère qui se répercutait dans les airs. Terrifié, l'organiste laissa tomber sa partition et, tandis qu'il fuyait son instrument et le fantôme qui en jouait, le hurlement se transforma en une mélodie proche de l'air qu'il avait interprété quelques minutes plus tôt.

De nombreuses personnes avaient vu l'esprit de la cathédrale. Le bruit de ses pas et ses plaintes déchirantes avaient épouvanté et perturbé tant les organistes que les fidèles. L'identité de cette femme reste quelque peu mystérieuse, mais on croit qu'elle est l'une des deux femmes qui ont des liens vitaux avec les premiers jours de la cathédrale.

La cathédrale Sainte-Trinité, première cathédrale anglicane construite hors des îles britanniques, fut érigée peu de temps avant qu'une épidémie de choléra frappe la ville de Québec. En juin 1832, quelques passagers fiévreux descendirent d'un navire venu d'Irlande et le premier décès connu survint peu après. En quelques jours, le choléra avait atteint Montréal et le Haut-Canada. Soudain, des centaines de personnes mouraient chaque jour. Les médecins étaient submergés de patients et les autorités adoptèrent des mesures extrêmes et désespérées pour tenter d'empêcher la maladie de se propager. Les officiers tiraient des coups de canon et la Santé publique faisait brûler du goudron pour essayer de purifier l'air.

Iris Dillon habitait près de l'église et elle était terrifiée.

Elle craignait la maladie qui tuait ses voisins et ses amis, mais elle avait encore plus peur de finir enterrée vivante. Iris souffrait de narcolepsie, un trouble neurologique qui fait sombrer les gens qui en sont atteints dans un sommeil profond dont on ne peut les réveiller. Tragiquement, sa plus grande peur devint réalité. Un voisin la trouva dans un état narcoleptique et, incapable de la réveiller, il crut qu'elle était morte et en informa les autorités. Pendant l'épidémie, les corps étaient évacués rapidement, sans prière ni cérémonie, et on croit qu'Iris fut enterrée vivante dans le cimetière de l'église. Cinquante ans plus tard, pendant les travaux de réaménagement, un ouvrier déterra

L'orgue de la cathédrale Sainte-Trinité

des restes humains que l'on croit appartenir à Iris Dillon, qui pourrait être le fantôme de la cathédrale.

La deuxième possibilité concerne une jeune femme qui — environ trente ans après l'épidémie de choléra — donna naissance à un bébé hors mariage. C'était là une chose gravement réprouvée dans les années 1860 et tant la mère que son nouveau-né devinrent des parias. Incapable de subvenir aux besoins du bébé et convaincue qu'elle n'avait pas d'autre choix, la femme prit une décision horrible. Un soir, très tard, elle étouffa son bébé avec un oreiller puis elle se faufila dans le sous-sol de la cathédrale et enterra le petit corps dans le sol à côté des restes d'évêques ensevelis. On raconte qu'il y a une petite tombe anonyme dans le sous-sol de la cathédrale, directement sous l'emplacement de l'orgue.

Certains organistes ont rapporté qu'en mettant des jouets sur la tombe, ils pouvaient répéter sans être dérangés par la femme fantôme. On croit que, rongée de remords pour son acte épouvantable, la jeune mère hante l'église pour se faire pardonner le crime qu'elle a commis plus de 150 ans auparavant.

Que le fantôme soit celui d'une femme enterrée vivante ou celui d'une mère qui a tué son propre enfant, il est incapable de trouver du réconfort et de poursuivre son chemin. La cathédrale est l'une des principales étapes des Visites fantômes de Québec et au moins deux des guides ont rencontré le spectre à des occasions différentes.

Un soir, alors que Laurie Thatcher s'adressait à un groupe, elle aperçut le fantôme debout sur le balcon du deuxième étage, à côté de l'orgue. De la sueur coula sur son visage et son cœur battait la chamade. Elle sortit aussitôt de l'église.

Un autre soir, une guide différente éprouva la sensation que quelqu'un, derrière elle, l'épiait. Ignorant cette sensation, elle reprit sa lanterne — déposée sur une table derrière elle — et s'aperçut que non seulement la flamme était éteinte, mais que la chandelle avait complètement disparu. Confuse et un peu troublée, la guide se demanda à voix haute ce qui était arrivé à la bougie. L'un des visiteurs lui dit alors avoir vu une silhouette debout dans l'ombre près de la lanterne pendant qu'elle parlait.

Il semblerait que rien n'ait jamais pu apaiser cet esprit, puisqu'il continue à hanter la cathédrale, à jouer de l'orgue et à terrifier les gens.

Référence photographique : Colleen Morris

Joel A. Sutherland est auteur et bibliothécaire. Il a écrit plusieurs titres de la collection *Lieux hantés,* ainsi que *Be a Writing Superstar, La maison abandonnée* et des romans d'horreur pour adolescents regroupés dans la collection *Hanté.* Ses nouvelles ont été publiées dans plusieurs anthologies et magazines, où l'on trouve aussi des textes de Stephen King et Neil Gaiman. Il a fait partie du jury des prix John Spray Mystery et Monica Hughes pour la science-fiction et la littérature fantastique.

Il a participé en tant que « bibliothécaire barbare » à la version canadienne de l'émission à succès *Wipeout* dans laquelle il s'est rendu au troisième tour, prouvant que les bibliothécaires peuvent être aussi acharnés et intrépides que n'importe qui. Joel vit avec sa famille dans le sud-est de l'Ontario, où il est toujours à la recherche de fantômes.

QUATRE QUESTIONS TERRIFIANTES POSÉES À JOEL A. SUTHERLAND

1. Avec-vous déjà vu un fantôme?

Même si j'ai connu mon lot d'expériences glauques, je n'ai jamais vu de fantôme. Une partie de moi aurait aimé en voir un, tandis que l'autre (peut-être un peu plus importante que la première) se réjouit de ne jamais en avoir rencontré. J'ignore comment j'aurais réagi si j'en avais vu un. Je lui aurais peut-être demandé une entrevue pour un prochain tome de *Lieux hantés*? J'aurais peut-être poussé mon meilleur cri perçant et détalé à toute allure, épouvanté? J'espère que si je vois un fantôme, il sera amateur du genre de livres que j'écris et ne sera pas offusqué que je m'intéresse tellement à sa vie… ou plutôt, à son après-vie.

2. Croyez-vous aux fantômes?

Oui. Absolument. Vous vous demandez peut-être comment je peux croire en quelque chose que je n'ai jamais vu de mes propres yeux. Eh bien, c'est grâce à la collection *Lieux hantés.* Avant de commencer à écrire ces livres, je *voulais* croire aux fantômes, mais je ne pouvais affirmer que j'y croyais à cent pour cent. Mais après avoir passé beaucoup de temps à rechercher des lieux hantés et à parler avec des gens qui ont vécu des expériences paranormales, je suis désormais convaincu. Il y a tout simplement trop de preuves de leur existence pour que je n'y croie pas. Ce que je trouve particulièrement convaincant, c'est lorsque plusieurs personnes ont vu le même fantôme au même endroit, mais pas au même moment, et sans savoir ce que les autres ont déclaré. Cette seule pensée me donne la chair de poule.

3. Quels sont vos auteurs d'histoires d'horreur préférés?

Il va sans dire que je suis un amateur inconditionnel de R. L. Stine. En fait, *Hanté,* mon autre collection de romans paranormaux publiés chez Scholastic Canada lui doit beaucoup. Les quatre premiers romans *(La maison d'à côté, Tueur de fantômes, The Night of the Living Dolls* et *Field of Screams)* ont été largement inspirés par la collection *Chair de poule.* Quelle émotion j'ai ressentie — l'un de mes moments forts en tant qu'auteur — quand R. L. Stine a lu *La maison d'à côté* et en a fait l'éloge! Parmi mes autres auteurs préférés — tous canadiens, je précise — qui ont écrit des livres à faire peur, j'aimerais mentionner Marina Cohen, Adrienne Kress, Jeff Szpirglas et Angela Misri.

4. Pourquoi aimez-vous écrire des histoires effrayantes?

Ma prédilection pour les histoires d'horreur (et plus particulièrement les histoires de fantômes) remonte à mon enfance, une époque où mon film préféré était *SOS fantômes* et mon manège thématique favori était le Manoir hanté à *Walt Disney World.* La scène d'ouverture du film, quand le bibliothécaire attaque les chasseurs de fantômes (ce qui a peut-être aussi joué un rôle dans mon amour des bibliothèques), et le moment où, pendant le tour de manège, on descend à reculons dans un cimetière rempli de spectres lugubres et grimaçants sont à jamais gravés dans ma mémoire.

LIEUX HANTÉS

978-0-439-96258-2

978-0-439-94858-6

978-0-545-99530-6

978-1-4431-0390-9

978-1-4431-4737-8

978-1-4431-2895-7